JAVIER SOBRINO • EMILIO URBERUAGA

LOS SONIDOS DE LA NOCHE

EDICIONES EKARÉ

En la Selva de la Lluvia,

el Sol se esconde tras los árboles

y los sonidos del día se apagan,

como todos los días.

La Luna se asoma entre las montañas

y los sonidos de la noche se encienden,

como todas las noches.

Los animales se preparan para dormir.

El susurro de la selva los acuna poco a poco

y se duermen sin darse cuenta.

PERO... ¿QUÉ ES ESE RUIDO?

BUUUUA BUUUUA BUUUUA

PARECE EL RUMOR DE LAS OLAS.

ALGUIEN LLORA ACURRUCADO DENTRO DE UNA CAJA ABANDONADA.

ALGUIEN SOLLOZA CADA VEZ CON MÁS FUERZA.

SI SIGUE, DESPERTARÁ A TODOS LOS ANIMALES DE LA SELVA.

BUUUuu BUUuu Buu

Orangután pregunta:

—¿Por qué lloras, Chiquitín?

—Porque... hip... hip, porque tengo frío.

—Voy a traerte una manta.

Ya verás como luego tienes calor y dejas de llorar.

Así dormiremos todos.

Y así fue. Pero diez minutos más tarde... ¿Qué es ese ruido?

BUAAA BUAAA

Los animales de la selva vuelven a despertarse
y algunos están molestos.

Tapir pregunta:

—¿Por qué lloras, Chiquitín?

—Porque... hep... hep, porque tengo sed.

—Voy a buscarte un cuenco con agua fresca.

Ya verás como se te quita la sed y dejas de llorar.

Así dormiremos todos.

Y ASÍ FUE. PERO CINCO MINUTOS DESPUÉS... ¿QUÉ ES ESE RUIDO?

Buuu Buuuu Bu

Los animales de la selva se despiertan de nuevo
y algunos están irritados.

Oso se aproxima y pregunta:

—¿Por qué lloras, Chiquitín?

—Porque... hap... hap, porque tengo hambre.

—Voy a traerte unas delicias de miel y mango.

Ya verás como se te quita el hambre y dejas de llorar.

Así dormiremos todos.

Y ASÍ FUE. PERO PASADOS CUATRO MINUTOS... ¿QUÉ ES ESE RUIDO?

BUUAA BUUUA BUUU

Los animales de la selva se despiertan otra vez,

y algunos están disgustados.

Rinoceronte se arrima y le pregunta:

—¿Por qué lloras, Chiquitín?

—Porque... hop... hop, porque tengo miedo.

—Voy a traerte un muñeco para que te haga compañía.

Ya verás como se te quita el miedo y dejas de llorar.

Así dormiremos todos.

Y así fue. Pero tres minutos más tarde... ¿QUÉ ES ESE RUIDO?

BUU BUU BUUuuu

Los animales de la selva se despiertan de nuevo
y algunos están fastidiados.

Tigre se aproxima y le pregunta:

—¿Por qué lloras, Chiquitín?

—Porque... hup... hup, porque quiero que venga mi mamá.

—Voy a buscar a tu mamá. Y te acunará. Ya verás.

Poco después, llega Tigre subido en la mamá.

—¡Mamá! —grita el cachorro.

—¡Chiquitín! —grita Elefanta.

—¿Dónde estabas?

—Fui a visitar a tus abuelos, pero ya estoy aquí.

Chiquitín salta de alegría y el suelo tiembla.

Elefanta le da a su pequeño un sonoro beso

que resuena en toda la selva.

—Buenas noches, Chiquitín.

—Ahora sí me podré dormir —bosteza el pequeño elefante.

Por fin, los animales descansan tranquilos y se duermen.

Pero pasado un minuto se oye en la Selva de la Lluvia:

Buu Buu Buuuuu

Los animales se despiertan y están muy enfadados.

TODOS MIRAN HACIA CHIQUITÍN, PERO NO ES CHIQUITÍN QUIEN LLORA.

Es un niño del poblado cercano.

Y entonces, Chiquitín grita:

—¡UN BESO! ¡QUIERE UN BESO!

¡HAY QUE DARLE UN BESO A ESE NIÑO!

ASÍ DORMIREMOS TODOS.

Y ASÍ FUE.

EL MURMULLO DE LA SELVA LOS ARRULLA Y TODOS LOS ANIMALES
SE DUERMEN SIN DARSE CUENTA Y ALGUNOS RONCAN.
MOMENTOS MÁS TARDE... ¿QUÉ ES ESE RUIDO?

TAP, TAP,
TAP, TIPITAP.

LLUEVE. EL AGUA REGRESA A LA SELVA DE LA LLUVIA,
PERO LOS ANIMALES NO SE DESPIERTAN, DUERMEN ACUNADOS
POR EL SUSURRO DE LOS SONIDOS DE LA NOCHE.

Edición a cargo de Verónica Uribe

Dirección de arte y diseño: Irene Savino

© 2012 Javier Sobrino, texto
© 2012 Emilio Urberuaga, ilustraciones
© 2012 Ediciones Ekaré

Edif. Banco del Libro, Av. Luis Roche, Altamira Sur,
Caracas 1060, Venezuela

C/ Sant Agustí 6, bajos. 08012 Barcelona, España

www.ekare.com

ISBN 978-84-939138-8-5

Impreso en China por South China Printing Co. Ltd.